夜明けをぜんぶ知っているよ

北川朱実

思潮社

夜明けをぜんぶ知っているよ

北川朱実

思潮社

夜明けをぜんぶ知っているよ

蒸留所のある町

弱りかけた夏の磁気を
星々が
すこしずつ囲って

夜明けは
蒸留所の
とがった屋根の上からはじまる

——セシウム原子時計の誤差は
　三千万年に一秒です

腕時計を修理に出すと
時計屋は
待ちぶせていたかのように息をあらくする
――三百億年に一秒ものが完成したら
　時空のゆがみが見えます

私は
道をはさんだ向かいの酒屋の
ウィスキーの瓶を見ている
樅が匂う蒸留釜は
紀元前の水時計に似て

漏れつづけた荒野が
金色にゆれている

あ、
野ウサギが走った

文字盤から
秋のけむりが立ちのぼり

腕時計は
誤差をこぼして転送される

遅い昼食をとる
修理工場へ

地図をつくる

ソビエト連邦
チェコスロバキア
ビルマ
セイロン

ふるい地球儀の
もう無い国の上に
まあたらしい国を一つ一つ貼る

まるくなったことを
悔いているのですか?

貼りつけるたびに
この天体は
たくさんのシワをつくる

ときどき背中だけになって
出発の夢をみる

国境だったスーパーの
貯水槽の裏から
人々が
先を競って歩きでてくる

買ったばかりの干しエビと
ぶどうを下げて
私も出発する

――みんな、みずのあるほうへあるいたの

子供たちは目の中に
ワニとカバを連れていて

世界は
まあたらしい地図を通過する彼らのものだ

川べりで傾いたまま
無数の青い実を降らす木

おーい、
そこの空は誰の空ですか?

九月の境界

──久しぶりに陸に上がったら
　進入禁止だらけだったよ

東シナ海で漁を終えて
一年ぶりに帰国した人は
カウンターで酔いつぶれたまま
潮をたぐりよせ

ひたひたと足先を濡らした

人は
陸を旅するように
つくられているのだろうか

マクドナルド
ロッテリア
ケンタッキー
誰のさびしさでもないが
たがいに触れあわない位置を囲い

伊藤酒店
大橋米穀店
山本うどん店
はげしく時化た更地をまたいで

人だけがいなくなった

砂浜に置きさられた
ブルーシートが
街のあちこちにはりついている

と聞いて出かけたら
人間だった

ブルーシートを海がわりに

ざまあみろ！
進入禁止が見ていないスキに
海峡を越えて

窓

喫茶店に近づいた時
窓が一つ
足りないことに気がついた

二階の端のテーブル席
そこに確かに
小さな窓があった

窓から見える海は
入道雲をかかえて

いつも夏休みだった
岬の家は
どこか傷ついているのか
いつまでも明かりがつかず

遠く
白い灯台に

さびしいというには
あまりにも日焼けした人が
立っていた

海の上の国境は
どんなふうに渡ればいいのだろう

日暮れて
金色の波をかぶって
沖へ出ていくもの

あれは
小さな花と
地図を抱いた私だ

美しい水をすくうように
あの窓から
名前を呼ばれたことがある

プラスチックの旅

列車は湾岸線をひたすら北へむかって走っている
朝のひかりが　夜明けをかきわけて　まっすぐ地上にさしこんでくる
海は金色に輝きはじめ　沖合いで生まれた波が　ゆっくりと立ちあがってくる
私は有給休暇をとり　遠くに住む友人に会いにいく途中だ
向かいあわせに座った若い女が　自分を見ていることにふと気がついた
白地に青い水玉模様のワンピースを着たその女は　目があうと
「ここに一歳になる息子と三歳の娘が住んでいるの」
突然そういって茶髪の頭を指さした
「狭い場所だけれど　暖かい部屋があってベビーベッドもあるの　雨が降って
も雪が降っても濡れないし　雨があがるときれいな虹がかかるんです」

女は身を乗り出していうが　長い髪には何も見えない
「とても静かだわ　子供たちは眠ったらしい」
声をひそめていう
女をどう理解したらいいのだろう　体のどこかが　しゅうしゅう音をたてる
「ああ　頭が痒い　子供たちが目を覚ましたわ」
「あら　とてもかわいいお子さんたちですね」
ばからしいと思っていたはずなのに　なぜかそういった
「一ついかがですか?」
女がタッパーのふたを開けてイチジクをすすめるから　一ついただいた
「このやわらかさ　何かに似ていません?」
女は小さく笑った　口の端から　果汁があごを伝って流れている
「赤ん坊の脳みたいでしょ」
「脳?」
「そう　指で押すとやわらかくて」
私はかろうじて吐き気をこらえた　怒りと吐き気が交互に襲ってくる

「あ　泣いている　下の子のミルクの時間だわ」
「おかしな話はもうやめてください！」
大きな声をだした私を　女はチョコレート色の目で見た
何度もまばたきをしたあと　頭をゴンと窓ガラスに打ちつけた
「半年前に夫と離婚して　子供と会えなくなったの　それから夜眠れなくなった　食事がとれなくなった　そんな日が続いたある日　髪の中から子供たちの声が聞こえてきた」
女の話は　古ぼけた八ミリフィルムのように　カタカタ音をたてて途切れ早回りした
「浮輪を二つ買ったの　ほら　ここに海が見えるでしょ？　たくさんの人が泳いでいるでしょ？　ああ　私の子供もいる　浮輪につかまって」
声を震わせていう
私は女の髪をかき分けていく　田舎町の古い木造の家の前に出た
表札が割れている　奥から子供の激しい泣き声が聞こえてくる

「ごめんください」
返事がない　子供は泣き続けている　ドアノブを回す　鍵がかかっていない
「誰かいませんかァー　いませんかァー」
とたんに目が覚めた　夢を見ていた　空は燃えあがらんばかりの茜色だ
子供たちと何か楽しいことがあったのか　女の顔がふいにやわらいだ
「髪の中は温かくて　大きな海と原っぱがあって　お子さんたちは幸せでしょう」
私は女にいった　子供たちの声はいくら耳をすませても聞こえないが　聞こえる声より聞こえぬ声のほうが鮮やかに響くことがあるのだろう
どれくらい走り続けたのか　列車は聞いたことのない名前の駅に止まった
「この街の皮膚科でこの子たちを産むの」
女は手を振って降りていった　夏帽子からほつれた糸が一本　額で揺れている

＊中神英子「自転車」に触発されて

夜の地図

発熱した日々の鍵を
じゃらじゃら鳴らし
目を焦がして　友人と
海岸道路を歩いた
数えきれない夜を歩き
灯台の
一瞬の光をとらえて

立ちあがる波に
さびしい砲弾を投げこんだ

行きどまりに
小さな花屋があった

遅くまで明かりがついた店先の
ハマボウ
朱い実をつけたアダン

軒先でゆれる万国旗の
旗と旗のあいだから見える
尾翼

世界はたぶん
無数の航路と花でできている

太く青い足音をたてて
理由《わけ》もなく一緒に歩いた人は
チェシャ猫のように笑って
闇にはりついている

きょう
細く砂をこぼしつづける
鉢植えを買った

夜の地図にない花屋で

なにもすることがない日に

久しぶりの有給休暇に
体じゅうがほどけた

すぐにしなければならない事は
なにもないから

天気の具合によっては
朝から昼ごろまで泣いていたい
ふいに空気がざわざわ揺れ

赤白帽子が素足をこぼして
歩道をやってくる

赤白は
犬が鳴けば犬へ
ビニール袋が舞えば
空へと決壊し

そのたびに
ホイッスルが悲鳴をあげる

赤白にまぎれて入った水族館
飛行船になったジンベイザメを
タイマイが

ゆうゆうと追い抜いていく

この天体に
水が生まれた日のような静けさ

出口の
碧い小さな水槽は
どれだけ目を凝らしても
生きものはいない

――一万年はこうしています

靴先がぬれた

末広橋

ヴォーン、
ヴォーン、

早朝の運河を
セメント袋を
ぎゅうぎゅうに積んだ貨物列車が
不機嫌な象の鳴き声みたいな音を
まき散らしてやってくる

死者たちと夜ふかしをした
跳ね橋は

あわてて
錆びた長い腕をおろして
列車を見送り

ふたたび空の深みに
差しこんだ

天体の運行のような
この一瞬を
私は
通勤電車の中から目に焼きつける

昨日あったさびしいことを
一つ沈めたから
運河はふくらんでいる

空っぽの巣
まっ青な自由

私は
まだ名前のない一日を差しこむ
鳥肌のたつ文庫本も

隅田川・夜景

眠りかたを忘れて
川沿いを歩いた

コピーされた都市の煌きを
電車が
一瞬にして切断していく

どこかで
グラスが割れる音がして

頭じゅうにカールを巻いた人が
舟になって出発した

ビルというビルが
逆さになって水に落ち

手足をほどいてゆらめく

ゆらめくてっぺんで
わたしは一日を再生する

笑い声と
水にうすまった血でふくらんだ
河口

永代橋の向こう
数学の明かりは
いつまでも消えなくて

窓わくに
顔をのっけた少年は

時がはさんだ
青い栞のようだ

ひかる航跡を追って
港湾へ流れ出た数式を
いま　鳥の群れが越えていく

水の中の用意された一日

電車が到着するたびに　入れ違いに別の電車が出発していく
今日子は何本もの電車を見送って　ホームのベンチに座っている
遠く線路のむこう　空に立ちあがった入道雲を眺めながら
二時間前の医者の言葉を思い出している
「多発性骨転移です　胸に水がたまっています」
乳ガンで右胸を切除してから一年がたっていた
一か月前から左胸に　さくらの花びらに似た斑点が出るようになった
検査の結果　ガンが骨の一部に転移していることがわかった
「胸に水がたまると咳が出ます」
医者はいった　そういえば最近は昼も夜も咳込んで　背中が痛かった

「あと　どのくらいですか？」
医者のむこう　青く晴れわたった空を見ながら聞いた
医者が説明しはじめたとたん　耳が聞こえなくなった
口がパクパクと動くのが見えた

電車が次々とあらわれては消えていく
喉が渇いて　ジュースを買おうとベンチを立ちあがったその時
公衆電話台に　花模様のビニールポーチがあることに気がついた
誰かが電話をして　そのまま置き忘れたのだろう
どのくらい時間がたったのだったか
電話台を見ると　ポーチはまだある
チャックをあけると　中に免許証とぶ厚い手帳　それにガーゼのハンカチが入っていた
免許証の写真を見て思わず声をあげた
つりあがった大きな目　濃い眉　それほど高くない鼻と厚ぼったい唇　長い髪

自分とうり二つだ
木原ゆり　昭和六十年生まれとあるから　年齢も同じだ
手帳は日記がわりなのか　日々の出来事がびっしりと書きこまれている
「八月五日　高校三年の時の今日　同級生の星川静香さんを海水浴場で溺れさせた　美人で頭がよいことを妬んでいた　憧れていた瀬戸君とつきあっていることを恨んでいた　あやまりたい　住所はわかっているが会う勇気がない」
文字が震えている
もう一度免許証を見た　木原ゆりは　見れば見るほど自分に似ている
突然思った　彼女にかわって星川静香に会おうと
他人の時間だけど　一日分だけもらって生きてもいいのではないか
今日子は　星川静香の住所を書き写した

郊外の小さな駅を降りて　海沿いの道を行くと　星川静香が住むマンションはすぐに見つかった
四階までエレベーターで上り　四〇二号室のインターホンを押そうとして気が

ついた　扉の横に幼児用の小さな椅子が置いてあることに
子供がいるんだ
深く息を吸った
今この瞬間から　自分は石田今日子ではなく木原ゆりなのだ
震える指でインターホンを押した　もう一度押すと扉が開いた
白いブラウスに紺のスカートの　背の高い清楚な女性が立っている
何から話したらいいのか　黙っていると木原ゆりでないことに気づかれる
今日子は十四年前のことをひたすらあやまった
「ほんとうに怖かったのは　浮輪を流してしまったあなたを助けようと海に入ったのに　しがみつかれた時だった　一緒に沈んで人の声も音も何もかも聞こえなくなった　ゴボゴボと鼻から口から海水を飲んだ」
星川さんはそういったあと　顔を上げて窓の向こうの海を見た
茶色い長い髪がゆれ　耳元で小さなトルコ石が　雫のように光った
星川さんは　突然ブラウスのボタンをはずして　肩脱ぎになった
左肩から胸にかけて白い肌に　十センチほどの薄茶色の傷跡がある

「海の中であなたが爪でえぐった跡よ」
さらりといった
「あの時の海水が　何年たっても耳からこぼれるの　水の恐怖から逃れるには水に入っていくことだと　スポーツクラブの会員になった　でも二十五メートルのプールをクロールで泳ぎながら　気がつくと沈んでいた　息を止めて水の底に横たわって　いつのまにかあの日を再現していた　苦しくて苦しくて　胸のあたりが風船のようにふくらんでいくのがわかった　ああこうやって死んでいくんだと」
話し終えて　星川さんはふっと笑った
「今こうしている私は　十四年前にあなたがうらやんだ星川静香ではないわ」
正面から今日子を見た
「結婚して子供が二人いるの　上が六歳の女の子で下が四歳の男の子　理想的でしょ？　でも下の子はダウン症なの　知恵が遅れているからまだパパともママともいえないし　心臓に欠陥があって　三回手術したけれど十歳まで生きら

れるかどうかって医者に告げられた　あと何年かしたら息子は死ぬ　今そのこ
とだけが目の前にあるの　でも不思議ね　絶望して泣いていると　言葉をいえ
ない息子が　ハンカチで涙をふいてくれるの」

外へ出ると　空はもも色に染まっていた
漁に出た船が　遠く金色の航跡を引き　カモメを引き連れて帰ってくる
「十四年前の水が今もこぼれるという耳を見せてください」
息を深く吸って今日子はいった
星川さんは一瞬大きく目をみひらいたあと　長い髪を夕焼けた空に流した
ふくよかな耳から　生温い水が流れ出るのが見えた

ナイトサファリ

売れ残ったカバが
しゅるしゅるしぼんで
湿った空へ消えていく

鍵をかけたはずの檻が開く
雨の夜がまたやってくる

闇をすり抜け
クロヒョウは

アスファルトの割れ目で
濃い緑になった弟に会いにいく
壊れた咆哮を引きずる
ライオン

この天体が
海ごと空ごと
流星になる日を知っているのだろう

生まれたての雲を
バケツいっぱいに汲み
死んだ赤んぼうを連れて
ゾウは出発する

「休んでいきなよ」
何年も前の雨を
かき氷にして私は声をかける

海を渡らなかったら
かなう夢はいくつもあった
「帰らなくたっていいよ」

体じゅうの水が
氾濫する

小さな図書館

図鑑を広げた
少年の瞳から

長い尾の
真っ赤な鳥が
飛び立っていく

文庫本を棚に戻した女学生の
髪かざりの奥の
スコール

川上弘美の
一瞬の孤独を連れて
私はプラットホームへ急ぐ

海沿いの
本棚が一つだけある無人駅

終電車が去ったあとも
本棚はめざめていて

潮の道を抜けて
ネコがやってくる

『雲のものがたり』を読むうち

私はいつのまにか
遠い星の水に還って
青い天体を移動する
ヌーの群れをぬらす
プラチナに光る海

明け方の文字が
いくつも流れ着き
駅はゆっくりとふくらんで

北上川

遠く
森が揺れ
太鼓の音が轟いてくる

休日を返上して
鬼たちは祭りの準備に忙しい

早朝の堤防を
やってきた老女は

手にしたビニール袋を
道路標識の根元に置いて
来た道を帰っていった

やがて自転車であらわれた少女たち

袋の中のトマトを分けあって
青い汁にぬれ

ふかみどりへと
溶け込んでいく

川だけが憶えている
朝の物語

川べりにぽつんと置かれた
養蜂箱
満開のトチの花

ふいに思い出した
この町のどこかに
腕時計を置き忘れたことを

忘れてきた時間は
忘れてきた土地から流れだすだろう
星の運行からこぼれたものたちも

サシバ

終電車に乗り遅れて
人と会えなくなった

目をみひらいて
地下街を歩きまわる

鉱物の粉末が混じったタイルが
きらきら光る

感傷を拒んだ

無機質なかがやき

空は土中深くしまわれたのか
歩いても歩いても
夜に入っていけず

写真館の飾り窓の
どこにも流れ出せない海で溺れた

ふいに
鳥の羽ばたきが聞こえた
コーヒーに青がこぼれ
目の中の高いところを

数十羽の鳥が舞っている

サシバ
子供のころ秋田で見た群れだ

北風をとらえ
五千キロの渡りが始まろうとして

群青をかきわける羽音が
確かに私にもあった

羽音は大きくなる

夜明けを止めることができない

漂流するもの

わたがしであったことなど知る由もなく海岸に流れ着く棒（笹井宏之）

海岸にすわって
地球儀を回しつづけている

時折大きな波があらわれ

書き割みたいなアジアの港を
竜巻が渡っていく

夏がしずくをこぼして
すぽんと抜け落ちた

手に残ったアイスキャンディの当たり棒が
地球のどこかに流れ着き
未知の生物となって硬く光る

そんなふうにどこかで元気にしている
と思いたい人がいる

松林の向こう
扉の開いた冷蔵庫　洗濯機
タイヤのない車
山となった廃品の上に
虹が降りている

電柱がどこからも見つめる八月の街で

中島さんのことを今でも思い出す　忘れられない時間と仕方なく別れた時のように
もしもあの日あの横断歩道で　中島さんが帽子を風に飛ばされなかったら　中島さんの後を歩いていなかったら　私は今日のようになんでも屋「一心堂」で引っ越しの手伝いや　海水浴場の監視人などをしてすごしただろう
「この街の電柱を追いかけて　途切れた先の風景を写真に撮ってほしい　期間は五日間　僕は五歳の時に両親に捨てられたんだ　もう七十年も前の話だよ　電線は人の匂いがするだろ？　その電線をどこまでも追いかけた先に　明かりのついた家があって　夢に見た家族がそこにいる気がするんだ」
中島さんは　はにかみながらいった

八月十日

電柱がどこからも見える坂の街を　産卵期の鮭が川を遡るように延々と車で走った　気がつくとまわりは田と畑ばかりになり　電柱は片側だけになり　トンネルを二つ抜けた先に　最後の電柱が立っていた

小川と雑草と五頭の牛　写真を撮ると牛たちは一斉に私を見た　彼らの目は大きくて深くて底のない井戸のようだった　どの牛も噛みかけた草を口の端から垂らしたまま　私を知っているかのようにじっと見た　小川の水は手ですくうと指が透けるほど冷たく　小さなしまへびがするすると向こう岸へ泳ぎさった

八月十一日

きのうと反対の方角へ坂を下って商店街を抜け　ひたすら電柱を追った

あいかわ橋　かわず橋　さくらい橋　たかはら橋　なかがみ橋　地図にない小さな橋をいくつも渡った　舗装されていない道を走ると　車がガタガタと肺を病んだ獣のように息を荒げた

突然道がぷつんと切れて　電柱が消えた　目の前に　廃校になった木造の小学校がある　裏に回ると　白いペンキが剝げた朽ちかけた百葉箱が　細い足でふ

んばって立っていた
箱の中の暗がりで　中島さんが　目を光らせて正座している気配がする
八月十二日
海岸通りを走り抜けた先に　うっかり道を間違えたような殺風景な浜辺があらわれた　砂浜に残され　運転席のシートのスポンジがとび出したまま　まっ青な空に腕を突っ込んだ重機　砂に半身埋まり　首をひねって侵入者を見つめる乳母車　廃業したレストランの中庭に立つキリンは　漆喰をこぼし　白眼をむいて沖に立つ波を見ている
八月十三日
ほこりっぽい一本道に入ったとたん　音をたてて太い雨が落ちてきた
朝の驟雨はすてきだ　雨が上がると　山から山へ大きな虹がかかった
私は山の向こう　虹が脚を降ろした町を思った　中島さんが捜す家族が　そこでひっそりと暮らしている気がした
山道の行き止まりに　山ぶどうに似た紫色の実をつけた木が立っていた　見たことのない腹の赤い小さな鳥が何十羽も止まり　天を刺すような声で啼いた

近づくと一斉に飛び立ち　上空を一周してあっというまにいなくなった
八月十四日
地図を広げても　もうこの街に行くべき場所はなかった　車を走らせる場所が
もうない　どんな風景も私に捜されることを望んでいないのだと思うと　心底
うれしかった　毎日私は何をしているのか　一日が終わると　他人を生きたよ
うで　体のどこかに印でもつけておかなければ　それが自分の一日だとわかる
のに時間がかかった　時々電柱に頭をぶつけて　自分の存在を確かめた
携帯電話が鳴った　中島さんだった　手の中でブルブル震える物を　私は息を
ひそめて見た
電話は　死を予感した羊のように狂おしく鳴きつづけ　鳴き疲れて切れた

「奥さんと子供が二人くらいいてね　夕方　僕が仕事から帰るのを待って　ご
はんをたくさん食べて　ベランダで星を見て寝るの」
中島さんが夢見る　どこにでもある光景が　澄んだ川底をよぎる魚影となって
一瞬目の前にあらわれる

記憶は、

誰を待っていたのだろう
少女のように目を輝かせ

日になんども
郵便受けをのぞいた叔母

吉野弘「夕焼け」
黒田三郎「朝の道」
辻征夫「美しいもの」

ポキポキとチョークを折って
黒板を
春の贈り物でいっぱいにして
背の高い草になった国語教師

記憶は
来なかった夜明けを口につめて
体の外側を
旅しているのではないか

すれ違いつづけたものたちが
半透明な昼の月と
はるかな距離を引きあって

行く先々に立っている

今日
雑木林へと続く道で死んだ
一羽のツグミに

離れた場所から
電柱が
濃い影を流している

海峡が匂う

夕暮れのはなし

地下鉄に吹く風は
微かに腐臭がした

誰かと話がしたくて
マンホールの蓋の上を歩く

古本屋の店頭で見つけた
昭和三十七年発行の文芸誌

吉行淳之介　安岡章太郎　開高健

何がおかしかったのか
黄ばんだ座談が
よじれてめくれ上がっている
前歯の裏でセシボンを口ずさみ
膝で拍子をとっていた安岡は

座談を終え
酔って
燃えあがる空に帽子を放りあげ

吉行は
ももいろに染まった裏通りへ消えた

「野原を断崖のように歩く！」
と叫んだ開高は
座敷でのびている

通りかかった動物園で
アフリカ象は

シアの木のまわりに
たくさんの足跡をこぼし

使いみちのなかった鼻を
隣のシロサイの柵にからませた

天空のポスト

志摩半島を迂回して登った
スカイラインの山頂には
真っ赤な郵便ポストと
夜明けだけがあった

この天体の
不在届のような静寂

何がおかしかったのか

あわく光る海岸を歩きながら
笑いころげ

打ち上げられたトビウオを
いくつも砂浜に並べた人

よそ見した瞬間
遠く流れ出し

あれから
背中をまっすぐに濡らして

街の病院で
文字を並べ直している

今日
膨らんだり
縮んだりしながら

速達便でやってきた
あなたの詩集

肩から背中から
まぶたから
太陽が昇ってくる

朝焼けを全部投函する

自由研究

「大丈夫なの？」
母親に問われるたびに
「うん……」
弱々しい声が聞こえる

夏休みが終わるというのに
向かいの家の少年は
宿題がまだらしい

子供のころ

川の多い町に住んでいた

大きな夜明けを抱いた海が
流れ込んだ川は

何から逃れようとしたのか
理由《わけ》もなく枝分かれした先で澱み
手足をほどいた

（人の足は
（なぜ前へ進む形につくられたのですか？

飲みかけのコーラの炭酸が
ぷつぷつ音をたてて消え

宿題が
九月の風にめくれ上がった

始業の朝
少年は
飼い犬を連れて登校した

〈先祖はオオカミ〉

一万年を引っぱり
引っぱられて
校門をくぐっていく

足を前へ前へ出して

冬の噴水

騒音でふくらんだ地上の
ずっと高いところで
昼の月が
静まりかえっている
駅前の噴水の横で
私は
二時間人を待っている

万有引力がうずまく
めまいのする場所

あらわれる人は
いつも
待つ人より少なくて

遠く
季節はずれのプールのような空を

クロールで
なんども往復する

待つ人は
一人

二人といなくなり

夕方から雪になった

いなくなった人が残した空間は
すこしあたたかくて

私は体の中の鳥や
花や
水晶のかけらと遊ぶ

海に降る雪が見える

鳥カゴの鳥

午前九時　犯罪の手助け以外なら何でも請け負う「一心堂」の一日の始まりだ
八月の太陽は　くまなく地上を熱しはじめている
ガラガラと店のシャッターを開けたとたん　煮えた空気といっしょに一人の若い女性が走り込んできた　大きな風呂敷包みを抱えている
青いワンピースが　空を切り取ったみたいに鮮やかだ
「インコを狙うネコを　捕まえてください！」
ソファーに腰かけるなり彼女は　両手で顔をおおった
ポニーテールが揺れ　まるで何か悪い物を吐いているかのようだ
「大丈夫ですよ　どうぞ気持ちを楽にしてお話しください」
所長の言葉に　内田ナナコと名乗るその女性は　苦しげに話しはじめた

「アパートの軒下にネコがきて　おじいちゃんのインコを狙うんです」
化粧をしていないふっくらした顔に　ソバカスが散らばっている
「では　部屋の中で飼ったらどうでしょう」
所長がやさしくいうと　ナナコさんは首を横にふった
「鳥の病気を怖がって　大家さんが許可してくれないんです」
「で　インコはその風呂敷の中ですか？」
ナナコさんが風呂敷をほどくと　鳥カゴがあらわれた
所長も私も身を乗り出してカゴの中を覗いた
「カンちゃん　カンちゃん　元気ですか？」
ナナコさんはカゴに向かって声を上げた
中は空っぽだった　どれだけ目を凝らしてもインコはいない
カゴの中には　彼女だけに見える鳥がいるのだ
「インコを飼っているおじいさんは？」
所長はたずねた
「高校二年の　明日は夏休み明けの学力テストという日の夜でした　午前二時

をまわっていました　もう寝ようと椅子から立ち上がったその時　ギーッと重いものがきしむ音がして　虫がピタッと鳴き止みました」
「それは何の音だったんでしょう」
「おじいちゃんが畑の木で……」
事務室は　物音ひとつしなかった
とてつもなく濃い空気を吸い込んで　私は頭がぼんやりした

ネコの首輪に手紙を下げた一週間後　飼主から手紙が届いた

内田ナナコ様
　はじめまして　山本といいます　魚太がいつもお邪魔してすみません魚太はサバの水煮とシーチキンが好物で　冬には焼き芋も食べます
十二年前　路地のアパートの　ムクゲの木の下に捨てられていたのを　通りかかった僕が拾いました　魚太の体には　濃い入れ墨のようにその木がすり込まれているのです
もしかしたらあなたのアパートに白い花をつけるムクゲの木がないですか？

僕はもう八十歳です　妻は五年前に亡くなり一人暮らしです

翌日の夕方だった　道の彼方で青いものが動いた　山本さんだった
水色のスーツを着た山本さんは　半身がマヒしているのか　左腕をぶらんと下
げ　左足を引きずりながら歩道を一歩一歩近づいてくる
「はじめまして　ああ　僕が想像していた通りきれいなお嬢さんだ」
山本さんは　ナナコさんを見てほほえんだ
「おお　この木だよ　魚太が捨てられていたのは」
ぽたぽたと白い花を落とす大きなムクゲの幹を　山本さんは手でなでた
「毎朝　リハビリで街を歩きます　白い花をつけるこの木を遠くから見ます」
終わろうとする夏を見届けるように　目を細めて遠くの空を見た
「魚太は二日前に死にました　老衰でね　安らかないい顔でした　人間もいつ
か死ねるから生きていけるのですね」
そういうと山本さんは　一歩一歩横断歩道を渡り　ガードレールにつかまって
ひと休みした　それから来た道をゆっくりと帰っていった

演習

向かいの座席で
母親が幼児に絵本を読んでいる

幼児は
物語の途中で
すばやくページをくくり

瞬間
冬の緯度がかたむく

あわてて飛び立った鳥が
蒼い空でおぼれる

そんなしなやかな指を
私たちはもっている

遠い夏の病室
いつまでも落ちない夕日に
あかく染まった母は

渾身の力で起きあがり
泣きやまない赤ん坊を
抱き取ろうとした

小さな演習

電車は
いくつ鉄橋をわたったのだったか

幼児は
百年先へと靴を飛ばし

枕木を越えていく

指先から
うまれたての蛇のような川がうねって

虹売り

待つ人は
誰もいないけれど

アフリカから
南米あたりの空を巻きとり

「虹はいらんか」
雨あがりの顔をして歩く

ひるまからシャッターが降りた

駅前商店街
「空車アリ」の駐車場に
アタカマ砂漠を広げる

とつぜん
蒼く澄んだ湖があらわれ

砂を通過中の
アンデスの少年が
なんども飛び込んだ

なんども溺れた

ガラガラと

シャッターをあけて走り出た子どもたちは
魚になったままだ
「鳥になるかい？」
ゆらめいて消える湖の上へ
ゴーギャンが描きわすれた
虹を渡す

ぽっ
ぽっ
未確認の空がうまれる

夏の音

ネアンデルタール人が
熊の大腿骨の欠片で作った
小さなフルート

アフリカの
ひんやりした洞窟を出発し

ユーラシア大陸をさまよって
中央アジアで消えた三万年が

細くふるえながら
祭の村を巡っていく
（音も時間も
（うまれた場所へ帰ろうとして

碧い水を
庭じゅうに巡らせたまま
蜜蜂を追って
行方をくらました父が

頭に花粉を積もらせて
草ぼうぼうに立ち尽くしている

カーン、

カーン、
人の笑い声に似た
鹿おどしの音が

反転しながら
空に吸われ

（夜明けをぜんぶ知っているよ
遠い足をもつ人々が
裸足で街を通過していく

目次

装画＝辻憲「陽明Ⅰ」　装幀＝思潮社装幀室

北川朱実（きたがわ　あけみ）
秋田県に生まれる
詩集『電話ボックスに降る雨』（思潮社）
『ラムネの瓶、錆びた炭酸ガスのばくはつ』（思潮社、第二十九回詩歌文学館賞）他
詩論集『死んでなお生きる詩人』（思潮社）
エッセイ集『三度のめしより』（思潮社）

夜《よ》明《あ》けをぜんぶ知《し》っているよ

著者
北川朱実《きたがわあけみ》

発行者
小田久郎

発行所
株式会社思潮社
〒一六二―〇八四二　東京都新宿区市谷砂土原町三―十五
電話〇三（三二六七）八一五三（営業）・八一四一（編集）
ＦＡＸ〇三（三二六七）八一四二

印刷所
三報社印刷株式会社

製本所
小高製本工業株式会社

発行日
二〇一七年九月二十三日